꼼지락 꼼지락
치악 사랑

김동철 시집

시음사
시사랑음악사랑

시인의 말

햇볕을 가리고 싶을 때
그려지는 한 편의 그림 같은 시

청춘도
세월도 가고
인생도 늙어가니
절망과 좌절이 너무 아픕니다

끓는 피
불타는 정열
생명선을 변화시키는 희망

한 편의 단백한 시
한 편의 그림 같은 시
생명은 끊임없이 태어난다

시공을 떠도는
언어와 문자의 공간
건강한 삶으로 태어나

사랑도
고통도
미련도
운명의 끝에서
구원을 선택하려 합니다

시인 김동철

♣ 목차

♣ 목차

♣ 목차

거품 속에 사랑

투명한 바닷가 모래사장
파도에 밀려온 하얀 거품
지울 수 없는 기억을 토해내며

희고도 눈부신 맑은 영혼
그리움의 글자를 새기고 나면
뜨거웠던 사랑의 신열은
모래알 구르듯 밀려가고

파도가 남겨 둔 물거품
하얀 날개를 잡으려 하면
기다려 주지 않듯이

거품 속에 핀 꽃
거품으로 사라지는
쓰라린 아픈 사랑만 남긴다

봄비 속에

봄비 속에 다가오는
그대 모습 살포시 담으면

내 눈 속에 희미함도
내 마음에 거미줄 같은 슬픔도
내리는 빗소리에 묻혀 흘러가리

빗방울 수 만큼 다가오는
그대 모습 살며시 안으면

사랑의 기쁨과 행복은
삶의 걱정과 불안의 그림자를
희망과 믿음의 햇살로 가득 채우니

세월은 유수같이 흘러
주름진 골짜기에 흰 서리 내려도

변함없이 밝은 빛은
따스한 봄날
그늘같이 편안한 마음으로
목마름을 축이는 단비로 다가오네.

느낌이란...

느낌이란
영원하지 않는 발상 속에 갇혀
옳지 못한 삶을 살아온 나날들

날카로운 것이 살을 관통하듯
세상에 변하지 않는 것이란
없다는 사실을 인식할 때쯤

한순간의 느낌에 속아
놓쳐버린 삶이 얼마나 많았는지
고정불변의 강력한 느낌 속에

훨씬 나은 삶을 영위하거나
지독하게 악화되어 있는 삶은
흘러가는 느낌 속에 감사하며

현재의 느낌 속으로 들어가
한 생애를 이해할 수 있는 뜨거움에
화상 입은 영혼에 붕대를 감으며

이가 뿌리째 뽑혀도
희망을 느끼는 사실만 기억하며
느낌 속에 살포시 어깨를 내주는 일

이것 역시
한순간의 느낌일지라도...

사랑해

좋아한다는 말을 뱉는 일
조금은 힘에 겨워지고 있었는데
그 한 마디 스스럼없이 입 주변을 맴돌며
밖으로 나올 수 있게 만들어 주어서 고마워

인연이라는 것
정말 어디서 어떻게 찾아오는 건지 모르겠다

나에게 이렇게 올 줄이야
누가 상상할 수 있었겠는가
덕분에 완벽하게 행복한 밤이야

나를 마음 가득 안아주려 하는 네가 있어
함께 맞이하는 오늘 아침은
어제보다 조금 더 행복할 것만 같다

아직까지는
사랑이라는 말을 쓰기에는
너무 이르지 않을까 싶어 덧붙여
나 아마 사랑하게 될 것 같아
가을~
그대 당신을

사　랑　해 ......,

행복

산책길은 늘 혼자였다
산책에 흠뻑 빠져들 만큼 흥건해지는 땀방울은
외롭다는 생각을 들지 않게 했다

지난가을 떨어진 붉은 솔잎만이 융단처럼 반기고
발을 부드럽게 안아주는 낙엽 속에
진정으로 위안받는 느낌이었다

단단하게 언 땅일지라도
소나무와 상수리나무를 벗 삼아
한발 한발 걸을 때면 행복했고
칼바람이 불어도 포근함을 느꼈다

창백한 갈대들이 수군거리고
바람은 숲을 향해 내달려 갔으나
마음은 존재와 결합되어 있었다

노래가 흘러나오고
분리되지 않은 지극한 행복감
일체감에 나는 전율이 일었다

온도가 미세하게 변화하는 느낌
발밑의 땅이 녹는 푹신한 기척
하나하나에 행복을 느끼며

운무 속에 피어나는
하이얀 이팝꽃 나무 밑에 몸을 맡긴다.

내 그리움

가을비가 내린다
바람결에 흩어진 낙엽들
한자리에 모여 좌담회를 연다

어제가 청춘이었는데
오늘은 힘없는 노(老)잎이 되어
나폴거리는 바람결에 밀리고
추적대는 가을비에 내 몸 맡기니
노오란 소국이 웃었다

가을비에 흠뻑 젖은 꽃잎은
겹겹이 쌓인 옷가지를 추스르며
소담스레 가을을 담고 있었다

흩어지는 바람도 담고
흘러가는 구름도 담고
얄궂은 가을비도 담고
내밀지 못한 햇살도 담으며
한 아름 쏟아지는 그리움도 담았다

가여운 꽃잎이 날린다
이리저리 부는 바람결 따라
흩어지는 무게 없는 가벼운 꽃잎
건들면 우수수 그리움이 쏟아질 듯하다

가을이 익어간다
노랗게 물감들인 내 그리움도 같이
코스모스 피어 하늘하늘 손짓하는 가을도
춤을 추며 꽃비 맞으며
해거름 녘 가을을 불러 모으고 있다.

보내야 하는 가을

길가에 피어 있는 코스모스
하늘하늘 손짓하며 반기우니
나의 애마 갈 길을 멈추네

떨어지는 관조 속에 넓게 펼쳐진 들판에는
막바지 수확을 위해 기계 소리 요란하네

창공에는 살랑살랑 잠자리 떼
가을을 춤추며 비행하니 어둑어둑 내려앉는 밤

잠시 잊고 있었던
마음의 문을 열고 가을을 마시며
가을을 가슴에 담아 본다

바람도 담으면 흔들 때가 있고
햇살도 담으면 태울 때가 있듯이
영롱한 이슬을 담으면 눈물이 되고
아름다운 사랑을 담으면 상처가 되듯이
가을은 흘러가게 놔둬야 할 것 같다

아름다운 노래도
혼자 부르면 눈물이 되고
향기로운 꽃들도
시들고 나면 아픔이 되듯이
출렁이며 흘러가는 가을 놔둬야 할 것 같다

밝아오는 가로등을 바라보며
나의 애마도 아쉬운 발길을 돌리며
많은 차량들 속으로 밀려들어 가고 있다

야속한 가을

가을을 담아보려 걷는다
호젓한 오솔길 데크 위에 서성이며
떨어지는 낙엽을 잡으며 상념에 잠긴다

어둠이 내려앉는 밤
가을 만남에 약속이라도 한 듯
한동안 기다림을 잊고 찾아나서 본다

환하게 밝아오는 조명등
무성하게 자리 잡았던 푸른 잎들
어느새 낙엽 되어 바닥에 뒹굴고 있다

멋스러웠던 데크
떨어진 낙엽을 쓸어 모으며
그리운 마음속에 담아 놓는다

쌀쌀한 강가에 바람
나 혼자만 떨고 있는 것인가
삼삼오오 모여드는 쌍쌍 족속에
가을을 보고 느끼려니 아쉬움이어라

훌훌 털어내는 낙엽 속에
가을을 털어야 한다는 마음은
이 시간도 긴 터널을 지나야 하듯
마음은 고요 속에 운집하며 서글퍼지네

여기서도 호호
저기에서도 하하
추억을 담으며 불꽃을 피우는 셔터
그 시절이 있었기에 마음 한 컷이 짠하다

그리움은 하나 되어
저 하늘 밝은 별에 다가가려 하나
너무 멀어 다가갈 수 없는 이 마음
낙엽 속에 주저앉아 긴 한숨만 몰아쉰다.

야속한 가을...

애가

한잎 두잎 떨어지는 단풍
많은 사람들의 감성을 자극하며
열렬히 태우던 감동도 떨어지네

이 가을을 보내야 하나
추적추적 내리는 가을비
말없이 단풍잎만 흠뻑 적시우네

이 비가 지나가고 나면
오색단풍의 화려했던 모습도
밀려가는 인파 속에 낙엽 되어 흩어지겠지

채우지 못한 시간
가슴에 묻어야 하는 시간
낙엽을 밟으며 고민해야 하나

감동도 없고
사람들의 발길도 떨어지면
보내야만 하는 가을 서글퍼 온다

풍성했던 가을
화려했던 가을
가을의 끝자락이 되어서야
가을의 날갯짓에 시선이 고정되니
아쉬움 속에 밀려오는 감정 애가 타네

찬바람이 고개를 들고
냉정하게 뿌리치는 계절은
융단 위의 아름다움도
낙엽 되어 흩어지는 마음을 알고 있을까

비련 속에 흘러가는 가을
가슴앓이로 다가오는 작은 흔들림
지쳐 쓰러져가는 가을밤에 애가탄다.

숨 가쁜 사랑

하얀 겨울이 스멀스멀 다가오는 십이월
사랑할 날들은 얼마나 될까
남아 있는 시간은 얼마나 될까

아프지 않고 슬프지 않고
마음 졸이지 않고
살아갈 수 있는 날들이 남았을까

기쁨으로 온다던 소식은
까마귀 울음소리로 메아리치고
흰 봉투 노란 봉투에 고지서만 쌓이고
오지 않는 소식에 애타는 가슴만 저려온다

한 많은 배고픈 우체통
서러움에 온종일 입 벌리고
하얗게 물드는 세상 빨갛게 태우는구나

나지막한 길섶에
우두커니 서서 벌 받는 사람처럼
그대 오실 날 손꼽아 기다리는 마음은

외롭지 않고 지치지 않고
성내지 않고 미워하지 않고
웃을 수 있는 날은 얼마나 될까
까닭 없이 자꾸만 흘러내리는 눈물의 밤
길섶에 서서 하염없이 하늘만 쳐다보네

바라보기만 해도 가슴이 따뜻한데
흐르는 강물도 시간도 잡을 수 없고
인생도 열정도 식고 나면 너무 늦듯이
사랑할 날은 또 얼마나 남았을까

모든 것이 너무 빨리 변하며 지나간다.

어쩌면 내가

어쩌면 내가
삶을 지탱할 수 있을까
이미 사랑했는데

어쩌면 내가
존재만으로 살 수 있을까
이미 내 속에 있는데

어쩌면 내가
따뜻한 손 내밀 수 있을까
미워했던 마음 가득한데

어쩌면 내가
이 마음 감추며 살 수 있을까
감사하는 마음을 보이는데

어쩌면 내가
고마운 마음을 전할 수 있을까
속으로 부끄러움을 느끼는데

어쩌면 내가
진실한 마음 보여줄 수 있을까
내 곁에 없는 사람인데

어쩌면 내가
그대 곁에 있을 수 있을까
갈망 속에 이 마음 부서졌는데

어쩌면 내가
예전과 같을 수 있을까
심장은 모두 타 버렸는데

너에게로

오! 나의 사랑
붉게 물든 장미 한 송이
아름다운 곡조에 달콤한 사랑이 흐르는 가락

오! 나의 그대여
바닷물이 말라버릴 수는 없지만
이토록 한결같이 그대만을 사랑하리라

오! 나의 임이여
바위가 햇살에 녹아내리고
바위가 모래알이 된다 하여도
정녕 아름다운 그대만 사랑하리라

오! 나의 자기여
모래알이 바위가 될 수 없듯이
모래알 같은 작은 사랑이 뭉쳐서
바위가 되고 싶은 이 마음 아시나요

오! 나의 희망이여
불같이 타오르는 희망은
하얗게 내리는 눈도 식히지 못하니
희망 속에 내일을 꿈꾸는 이 마음 아시나요

오! 나의 꿈이여
꿈속에서 만나자 약속하며
꿈속에서 허우적대는 나의 악몽도
꿈속에서 아픔으로 끝나기를 바라는 마음

오! 나의 사랑아
내 안에 하나뿐인 사랑아
잠시 떨어져 있다 하여도
언젠가 다시 너에게로 돌아가리라

마음의 꽃

나의 몸은
한여름 무지개 꽃처럼
시원하게 다가가는 소나기입니다

나의 가슴은
노을 속에 피는 꽃처럼
붉은 사랑의 불덩이 꽃입니다

나의 심장은
활화산이 품어 올라도
열정보다는 뜨겁지 못합니다

이젠 시간이 흐른 탓인지
사랑이란 마력의 감정까지도
어떤 느낌을 받을지 모르겠지만

새롭게 피어나는 사랑
확고하게 굳어지는 사랑
더불어 함께 나누는 사랑을
새로운 의미를 통해 변하고 싶습니다

사랑은 언제나 침묵 속에 느껴지고
사랑은 언제나 마음속에 박혀있고
사랑은 언제나 예지 속에 깃들인 꽃입니다

길섶의 풀이나
굴러다니는 돌멩이까지도
생명의 꽃으로 환희를 노래하듯
고통과 더불어 피어나는 마음의 꽃이 되고 싶습니다

사랑의 끝은

가로등 밑을 하얗게 덮는 송이송이
하얗게 쓰러진 나를 어루만지던 손

너의 눈물인가
너의 기도인가
너의 입맞춤인가

사랑에 끝이 있는 걸까
어떻게 많은 시간이 흘러도
내 가슴에 남아 걸어 다니는지

사랑에 끝이 있을까
그대란 이름만 떠올려도
가슴은 뛰고 열정 속에 빠져든다

잊었다 해도
타오르는 우리의 사랑
지워버렸다 해도
가슴에 피어나는 우리의 사랑
눈부신 얼굴 속에
눈물로 피어나는 우리의 사랑

세월이 흘러서도
조심스레 눈을 감으면
상처 난 가슴은 따뜻해지고
해맑던 지난날의 까치걸음 날 울리니

사랑은
경험을 통해서 알게 되듯이
어떻게 사랑에 끝이 있다 하겠는가

믿고 싶지 않은 현실
지금도 갈증 속에 달려가지만
끝이 보이지 않는 사랑은 암울하다

말없이 사랑하자
내가 아무 말 없던 것처럼
드러나지 않게 조용히 사랑하며
깊고 참된 것이 되도록 사랑하자

지금 걷는 길

눈꽃 위로 펼쳐진
아슬아슬한 다리 위로
두 사람이 길을 걸었는데

황홀한 꽃길을 걸었고
한때는 가시밭길도 헤치며
낮은 언덕은 벗이 되어 오르고
높은 산은 두 손 맞잡고 오르면서

한 사람이 힘들면
또 한 사람이 이끌며
서로의 버팀목이 되어 왔는데

때로는 즐겁고
때로는 고달프기도 했던
우리의 평행선 레일 위에
계절은 저물어 소복소복 눈 꽃송이 날리는
설원의 낭만이 찾아왔건만

힘든 길을 돌아서 고독한 하루를 견디며
많은 것을 버려야만 했고
때때로 눈물도 흘려야만 했다

지금 걷는 이 길
발자국은 하나다
또 하나의 발자국은 없다

계절의 변화

어느 순간
계절의 변화에 돌아볼 여유 없이 둔감해 지고
돌아볼 여유 없이 앞만 보고 걸었다

봄이 오면 새싹이 돋아나길 기다렸고
여름이 오면 시원한 계곡을 떠 올렸으며
가을이 오면 알록달록한 소금산에 가고 싶고
겨울이 오면 하얀 눈이 언제 내릴까 설레였다

나이가 들면서 이런저런 생각이 사라진 건지
팍팍한 세상살이에 흠뻑 젖어 버린 건지
계절의 낭만을 느끼지 못함은
아마도 나의 모든 것을 내려놓고
갖지 못했던 마음의 여유가 제일 클 것이다

사랑을 하고 사랑을 잃어버린 사람
잃어본 적 없는 사람보다 아름답듯이

바람 부는 날이면
부풀었던 꽃잎은 꽃비로 내리고
꿈꾸던 소망 설렘 속에 날아가고

오랫동안 감쌌던 내 마음
계절의 향기가 떠나지 않았기에
캄캄한 어둠에서 울고 있는 것이다.

별 사랑 이야기

나지막한 언덕
가로등이 불 밝히는 벤치
저 별은 네 별
이 별은 나의 별 하며
사랑담은 별 따기를 했지

반짝이는 별을 따다
그대의 작은 가슴에 달고
아름다운 별을 따다
또 작은 가슴에 달았지

올망졸망한 별을 따서
호주머니에 넣고 만지작거리며
그대만을 생각했었던 시절이었지

내 청춘 받치던 상상의 밤
저절로 즐겁고 저절로 신이 났지

저리도록 맑은 가을밤
은하수를 이불 삼아 노래 부르며
새벽이슬에 젖어오던 사랑 이야기
빛나던 눈 별이 되어 어디에 있는지

수많은 별
수 없이 그리워하며
심장에 담은 별 어디서 찾을까

아름답다 이뻐하고
아름답다 노래만 했지
별을 닮은 네 마음 어디서 찾을까

눈으로 그리워하고
마음으로 그리워하며
온몸으로 쏟아냈던 그리움은
수많은 별들 속에 사라지는 건가

인연의 언덕

겨울의 문턱을 넘어서며
우울한 날에는 하늘에 기대고
슬픈 날에는 가로등에 기댄다

기쁜 날에는 나무에 개고
부푼 날에는 별에 기대듯이
사랑하면 꽃에 기대고 이별하면 달에 기댄다

기대고 사는 것 사물과 자연뿐이겠는 가
일상에서도 수많은 사람들이 기대어 산다

건네는 인사도 타인을 향하고
사랑한 사람도 타인을 향하듯이
울게 하는 사람도 타인
웃게 하는 사람도 타인이다

사람이 비스듬히 기댄다는 것
마음이 마음을 받아들인다는 것이다

그대가 슬프면 내 마음에도 슬픔이 번지고
그대가 웃으면
그대의 마음에 내 마음이 스며들 듯이

그대가 웃으면
내 마음에도 기쁨이 번지고
서로 기대고 사는 인연이겠지요

인연의 언덕은 어느 날은 흐리고
어느 날은 맑게 화창하지만

흐리면 흐린 대로
맑으면 화창한 대로
위로가 되고 기쁨이 되어 주는 것
서로 기대고 산다는 것
인연의 덕목이자 화목이겠지요

그대를 만나고
그대를 사랑할 수 있는 것도
나에게는 축복이고 행운입니다

여린 사랑

고목나무에 듬성듬성 구멍이 나고
날갯짓을 배우려는 아주 작은 여린 새
깎아지른 절벽 위로 날갯짓을 해 보지만
날카로운 바위에 날개를 다치고 말았다

시간이 지나면 상처는 아물겠지만
여린 새는 다시 날갯짓이 두려웠고
언제 다시 날아야 한다는 걸 알지만
절벽 위에서 날고 싶지는 않을 것이다

여린 새는 절벽 위에서
날아오르는 새들을 바라보고
멋지게 날아오르는 상상을 해 보지만
자신의 아픔을 돌아보며 울고 있다

여린 새는 기도했어
상처가 빨리 아물고
덜 아프게 해 달라고
다시 비행해야 한다는 꿈도
닫혀지는 마음의 문도 닫지 않게 해 달라고

언젠가

비행에 성공해서

자신이 보고 싶은 곳

가고 싶은 곳에 갈 수 있고

스스로 먹이를 찾아다니는 멋진 새로

새로운 희망을

새로운 도약을 꿈꾸며

절벽 위를 바라보며 기도했지

날아오르는 그 날을...

무의미한 사랑

최선으로 그리워하고
최선으로 고통을 받으며
최선으로 사랑을 했었지
더 이상 할 수 있는 일이란 없는 것 같다

믿었던 사람의 등
무관심에 다친 마음
섭섭함에 펴지지 않는 마음

세월이 흐르고 시간이 흘러 온 지금
마음속으로 혼자 중얼거려 본다

혼자이지 않은 사람은 없다
살랑살랑 뿌려놓는 눈송이
눈꽃처럼 정직하고 싶을 뿐이다

겨울을 뚫고 핀 개나리
샛노란 눈을 마주치고
초록이 들판을 물들이듯
청춘은 영원할 수 없는 것처럼 순간일 뿐

얼마나 쓸쓸할까
얼마나 서러운 마음일까
가슴 속살을 저며 놓는다 해도
누가 나를 온전히 이해할 수 있을까

텅 빈 깡통의 여운
밤하늘 같은 투명한 슬픔
혼자만의 시간에 길들여진 나
나 홀로 반짝이고 있지 않는 가

파릇파릇 새봄이 찾아와
사랑이란 기회가 주어진다 해도
최선을 다한다는 건 내게 한 번뿐
무의미한 사랑은 내게 사치일 뿐이다

사랑 속에서

우린 얼마나 오랜 세월을
저려오는 가슴으로 살았던가

슬퍼도 괴로워도 차마 내색하지 못하고
크고 작은 마음의 상처까지도
사랑이란 이름 하나로
가슴 깊이 묻어야만 했다

사랑은
아주 작은 일에도 큰 소리로 웃게 하고
소리 내어 울게도 한다

어느 날
그 사랑의 이름 그 하나의 자체로
내 것이 아님을 알았을 때
너그러운 마음이 되어야 하나
사랑 속에는 아픔의 고통이 숨어서
미움의 불꽃이 타올랐다

사랑이란 그 이름 하나로
어제도 오늘도 그리고 내일도
고운 빛깔로 채색하며
사랑만을 위해서 살 수 있을까

사랑에 눈멀고
사랑에 기대하고
사랑에 슬퍼진다 해도
사랑 속에서 살고 싶을 뿐이다.

믿고 싶다

찬 바람이 스쳐 간 자리
흘러내리는 눈물방울마다
가녀린 새순이 피어날 것을
그리고 그 꽃잎 위에 내가 날아갈 것을

나는 믿는다
영원히 나만을 생각해 주고
나를 잊지 않는 누군가가 있다는 것을

그렇다
언젠가 나는 날아갈 것이다
내 일생 동안 혼자가 아니길 바라며

나는 알고 있다
보잘것없는 나를 위해
영원 속에 한 사람이 있다는 것을

믿는다
내 일생 동안 혼자는 아닐 것이라는 것을

나는 알았다
이 하늘보다 더 높고
이 하늘보다 더 넓은 영원 속에
작은 마음이 살아 있다는 것을...

이정표

겨울은 겨울다워야 하는 밤
매섭게 다가오는 바람은 옷가지 가지마다
고드름만 주렁주렁 매달더라

매몰진 콧구멍
숨을 쉬기조차 힘들어
끙끙대며 앓고 숨죽이더라

콧물은 낙점을 못 찾아
대롱대롱 상고대가 되어
얼음 조각상 조각되어 떨어지더라

기력이 쇠잔하니
무릎 골이 패여 들고
무릎 골이 펴지려니
기력이 흔들리더라

세월의 흐름 속에
삐그덕 대는 육신은
고장 난 시곗바늘 초침 같더라

달그락달그락 뼈마디 부딪치는 소리
살아온 인생의 이정표가 무색하더라

눈꽃 사랑

사랑하는 사람보다 진정한 사랑이고 싶고
다정한 사람보다 진실한 사랑이고 싶다

내가 그대에게
아무런 의미를 줄 수 없어도
황홀한 만남의 시간을 주고 싶다

만남이 그러하듯
영원히 간직하기 위한 진실
추억으로 남을 수 있는 사랑으로
영원히 지켜줄 수 없어도
멋있는 모습을 보여줄 수 없어도
사는 동안 사랑으로 지켜주고 싶고

가끔씩 미워질 때도
이뻐 보이지 않을 때도
그 모습까지 사랑하고 싶다

눈이 내려 세상에 쌓이고
그 세상이 하얗게 빛나도
마음으로 행복하게 하고 싶고

눈이 오래 머무를 수 없듯이
내 마음이 녹아 사라진다 하여도
그 마음속에 사랑이고 싶을 뿐이다

언젠가는
멀어져야 할 만남 일지라도
순간이 아닌 영원한 사랑이고 싶다

하여 겨울은 외롭지 않다
검게 그을린 겨울나목 비벼대며
하얀 눈 꽃송이 보슬보슬 떨어져도
가슴에 피는 눈꽃 사랑이 있으니

나의 슬픔

맑은 하늘에
깨알처럼 쏟아지는 슬픔의 영혼들

슬픔 속에 슬픔은
또 다른 슬픔을 잉태하며
나의 슬픔을 여리게 한다

슬픔은 행복도 모르고
슬픔은 죄악도 모르니
흘러가는 시간만 야속하다

사랑하는 시간보다 오히려 슬픔은
내가 토닥여야 하기에
슬픔 속에 아무도 개입할 수 없게
슬픈 눈에 영혼 깨끗하게 씻어 내리고

슬픔이 지나가고 믿음이 찾아오면
믿음 안에서 사랑하고
수시로 마시는 산소처럼
평생을 먹고 먹는 보약처럼
믿음 안에서 사랑하며
슬픔을 쓸어 담으려 합니다.

빈자리

바람 따라 구름 따라
추억으로 젖어 드는 그리움
흘러가는 세월에 아쉬움이어라

향기 따라 떠난 흔적
바람결에 씻기어 가고
노오란 가로등에 젖어 드네

귓가에 맴도는 음성
출렁이는 물결처럼 흔들리고
노오란 별님 속에 스며드네

달콤했던 시간들
소중했던 한 마디의 아련함도
노오란 보름달에 숙연해지는 이 밤

그대 이름 떠오르면
하늘아 하늘아 부르며
빈자리의 아쉬움은 날이 샌다.

울고 싶다

포근하게 느껴지는 겨울밤
왠지 모를 슬픔이 다가오고
무엇을 잡아도
무엇을 먹어도
무엇을 느끼려 해도
도무지 감이 오지 않는 밤

벽에 기대어 한없는 슬픔의 토악질을 하며
울고 싶은 마음 억누르며 살아온
작금의 현실에 권리를 찾고 싶다

슬플 때 울고 싶고
위로받고 싶을 때 위로받으며
콧물이 흐를 만큼 통곡도 하고 싶고
내면에 감춘 슬픔 실컷 토해내고 싶다

언제부터였나
울어보지 못한 것이
마음에 한이 되어 숨이 막힌다

소리 내어 울지 못하니
울고 싶은 마음조차 잊었는지
슬픈 영화를 보며 울었던 마음은
가슴에 한이 되어
지금도 터질듯한 가슴은
남몰래 감추었던 눈물 울어보고 싶다

왜 내게는 주어진 삶이 힘이 들까
돌아보아도 항상 그 자리에 있고
또 돌아보아도 바보 같은 그 자리에 있으니

오래 살았다 싶으니
작은 노여움에도 눈물이 난다
누가 나를 품어 줄 수는 없나요?

스쳐가는 그리움

스쳐 갈 듯 그리운 밤
무덤덤하다가도 휑하니 스치는 바람결
마음이 움직인다

까아만 밤 오돌오돌 빛을 삼킨 서쪽 하늘
거대 불빛을 품은 도심의 밤거리에
달빛 소스라쳐 반쪽 되네

다정했던 대화 정처 없는 발걸음
윤회할 수 있다면
먼 길 마다하지 않으련만

기억의 수장고에 의미가 퇴색한 순간들
연연할 일 없기에
빛바랜 자정의 불빛 도심의 줄을 긋고
숨어드는 샛 밤

지구의 자전이 울리고
가슴이 무너지는 수레바퀴 속에
주옥같은 낭만 시어들
도심의 반란으로 유영한다

정적을 붙잡고 가는 세월을 붙잡고
눈가에 주름 하나 더 찾아내도
내 인생은 이대로 편안하다

찬바람 이슬 머금고
사랑은 목마름에 떨어도
그리움은 인지상정 인 듯
그리움은 꿈의 시간으로 기다린다.

봄날에

어제도 모르고 오늘도 모르고
흩어진 낙엽에 눈물이 나고
잔잔한 봄바람에 외로움을 느끼니
늦었다 싶은 현실이 철이 들고 있네요

사랑이여 그리움이여 하며
슬픔이 스쳐 지나갔고
기쁨은 웃음으로 지나갔지만

지나온 날들을 지켜온 하늘
계절 따라 황홀한 꽃을 피우고
저미는 가슴에 단비를 내리며
소중함을 느낄 만큼의 행복을 부여했다

사는 것이 무엇인지 비로소 가슴으로 느낄 때
돌고 돌아 흘린 눈물의 사랑도
심장에 대못으로 박힌 여린 사랑도
그 누구도 알아주는 사람 내겐 없었다

우물처럼 깊게 고인 침전된 가슴을 열어 보면
침전된 슬픔도 함께 보이고
그 속에 눈물의 의미도 알 수 있어
현실에 아픔은 차라리 나를 버렸다

진실한 행복도 먼 곳에 있는 것이 아닌데
밖에서 찾으려 안주하지 못함은
잊을만하면 스쳐 가는 추억들 때문이다

포근한 봄날에 한적한 길가에도
달래, 냉이, 씀바귀 올라오고
모처럼의 외출은 아름다운 추억이다

아쉬운 사랑이여
그리운 사람이여
아쉬운 인생이여

조각배 물결 위에 띄워
이 세상 끝까지 갈 수 있도록
포근한 봄날에 보고픈 사연 띄우노라

속살거리는 밤

그리움이 짙어 무너지는 밤이면
창밖에 봄비가 속살거려도
어두운 밤비가 내려도 좋다

슬픈 천명을 가슴에 담고
젖은 음계로 살포시 비가 내리면
보고픈 마음 홀로 침전하는 것인가

잠 못 이루는 밤
질퍽한 밤하늘 천둥이 치고
목마름에 허기져 오는 대지에
생명수 같은 밤비가 내려도 좋다

그리움이 느껴지고 허술한 지붕이 보여도
등불을 밝혀 어둠을 걷어내면
보고픈 그대 밤비 속에 오시려나

서투른 인연 탓으로 그리움이 쌓이는 밤이면
어깨를 누르는 추억의 발라드 스텝을 밟으며
빗속에 스미고 싶다

끈질긴 인내의 밤
땀 내음으로 느껴지는 속살
포근한 사랑 품에 안기는 밤비라도
까아만 밤 억수로 비가 내려도 좋다

사는 것이 힘들어도 눈물로 위안을 받는 밤
작은 손 내밀어 등불을 밝힌다면
속살거리는 봄비에 이 몸 던지리라

공포의 밤

삭풍이 불어오는 밤
뒤뜰에 울리는 곡소리
울타리 사이로 휘리릭 휘리릭
바람결에 댓잎이 떨고

뒤뜰 외양간 문지기 떠난 지 오래
바람결에 덜커덩덜커덩
꽁꽁 잠가 놓은 사립문도 삐그덕삐그덕
칼바람이 스칠 때마다 삐그덕

뒷산 참나무 사이 곡예를 하듯 운집하는
밤눈에 귀공자 부엉이도
푸드덕푸드덕 부엉부엉

찰싹찰싹 댓잎이 스치니
춘정에 목마른 고라니 한 쌍
귀청이 떨어져라 소리치며
철퍼덕철퍼덕 장독대 깨고

지붕 위에 고양이
임 부르나 야옹야옹 울고
앞마당 개똥이 놀라서 컹컹 대니
옆집 개똥이 같이 화답하네

사그락사그락 낙엽이 부딪치는 소리에
바람은 더욱 거세게 몰아치고
이 밤은 공포에 눈을 감을 수 없어
뜬 눈으로 여명을 맞이하네

계절의 변화

하루를 읽어 본다
내일도 읽을 수 있을까
아님, 현재에 만족하며 살아야 할까

보이지 않는다
자그마한 빛이라도 보여야
오늘을 감내하며 버텨 보겠건만
왜 점점 힘이 부치는 걸까

살아온 삶도 반평생 끝자락이건만
지치고 힘든 것도 나만 찾아오는 후유증인가
아님, 모두가 겪는 고통인가

계절은 바뀌고 마음속에 변화는 없건만
아픔은 또다시 휘젓고 있으니

섬강의 물줄기는 다르다
어제와 다르게 맑은 물을 보이는데
마음속에 찌꺼기는 어찌 냉정할까

독립군의 생활도 이제는 한계에 온 것 같다
추슬러 보아도 걸러지지 않는 마음의 병은
언제쯤 내게서 독립을 할까

무섭다
계절 속에 갇혀 있는 내 모습

그녀는 양파

거대한 그녀
눈물을 삼키며 붉은 저고리를 벗긴다

속살이 보일 쯤
흐르는 눈물의 행렬은
방향도 없이 코끝을 스치며 뽀얀 속살을 보이고
황홀한 속옷을 벗기면
눈물의 파티는 절정에 이른다

벗겨도 보이지 않는 완전한 그대의 모습에
거침없이 흐르는 콧물은
평생에 걸쳐서 나눠 흘려야 할 눈물을
순식간에 통곡을 하게 한다

그녀는 약했다
하지만 그녀는 대단했다

자신을 지키기 위해
물리적인 공격보다는
화학물질을 유발하여 발산하며
자신만의 정조를 지켜가고 있었다

그녀를 사랑할 수 없다
벗겨도 보이지 않는 속
난폭한 그녀의 속살을 탐하느니
차라리 외로운 나의 삶을 살아가리

꽃가마 탄 봄

겨울 같지 않은 겨울
요란스럽기만 했던 겨울
미련 없이 훌훌 떠나는 겨울

두려웠던 겨울
젖은 눈물로 채워진 고랑
봄바람이 지나가는 길목에
동백 꽃잎도 우수수 떨어지네

겨울을 지키던 허수아비
따스한 봄 기온 기다렸듯이
매화 가지에 꽃망울 피어나니
한낮의 햇살은 겨울밤을 밀어낸다

각본 없는 드라마처럼
대지가 뒤틀리고 꿈틀거림은
목 빠지게 기다렸던 봄이 오네요

이제나저제나 행여나 오시지는 않을까
나 그대 봄님을 기다렸어요
소리 없이 당신만을 기다렸습니다

목마름에 슬픔도 간절한 마음 애달파도
타는 듯 뜨거운 고열 속에서
목련꽃 피는 그대를 기다렸습니다

살포시 피어나는 여린 달빛
노란 산수유 꽃가마 타고 개화하면
뻐꾸기 신나게 합창하는 봄이겠지요

존재의 이유

나와 다른 너
아주 인상적이었다

돌아서면 아련히 생각나고
잊을 수 없을 만큼 가슴으로 파고들었다

나 홀로 헤엄치는 시간
초침이 지나가는 찰나마저
기억 속에서 헤엄치고 있었다

너는 태연한데 숨 막힐 듯이 아픈지
심장에 물이 찬 것만 같았다

정말 괜찮다고 마음을 알리고 싶었다
시선이 두려워도
나는 오히려 당당해져야 했다

내게 필요한 건 두려움 없는 진실인데
갑자기 왔다 가버리면 어떡해

어쩔 수 없는 마음
모든 걸 털어놓고 나서야
시큰둥한 가로등 밑을 걸어간다

영원할 줄 알았다
삶의 의무는 아니지만
존재라는 이유 중 하나이었기에

삼월의 연가

나뭇가지에 핀 꽃
윤슬이 빛이 나는
초록색 연두 빛깔

봄 처녀 바람났나
나목에 걸친 속옷
바람에 살랑살랑

계곡 따라 흐르는
시원한 생명수에
산새들 목축이고

나풀나풀 목련꽃
하얗게 개화하니
실바람 시샘하네

고개 숙인 할미꽃
보라 빛 고운 향기
산 아래 흩뿌리니

강물 따라 흘러온
흰 구름 넘실넘실
물결 따라 춤추네

처음 만나 맺은 정
목련꽃 그늘아래
사랑 꽃 피워가고

삼월의 악몽인가
잔인하고 혹독한
흙먼지 저주인가

까아만 밤 초록이
지글지글 삼겹살
목구멍 씻어내고

이 밤도 눈동자는
벌겋게 충혈되고
숨소리 답답하네

사랑합니다

별빛이 반짝이면 그대는 순수하고
달빛이 스며들면 그대는 슬퍼지고
새들이 재잘대면 그대는 아름답고
단비가 내리는 날 그대는 고결해진다

그리운 사람아
이 세상 어딘가에
숨통을 조이듯 살아있다는 것

별처럼
달처럼
새처럼
비처럼
나누며 살아가고 있다는 것

그것만으로 행복이 무엇인지
느낌을 주는 여인아

구슬픈 비가 가슴을 적시면
와르르 저려오는 심장

순간의 나를 제일 사랑했기에
무너지는 아픔이 닥쳐도
그대를
그대를
사랑합니다

신바람 세상

실바람 스쳐 간 야물진 콧대 위에
꽃잎 하나 대롱대롱 그네를 탄다

시선이 몰리고 동공이 확장하니
황소 눈알이 미끄덩 썰매를 탄다

아리송한 개그에 웃음소리 괴팍하고
벌어진 하마 같은 입속 목젖이 떨고 있네

그칠 줄 모르는 발광 댄스에 엉덩이
상하좌우 흔들어 대니
내려가는 바지 울고 있네

뒤틀린 발꼬락 요동치는 발바닥
비틀비틀 맹구되니
복숭아뼈 울고 있어라

신바람에 배꼽 잡고 손바닥에 불꽃이 튀니
머리 위에 아지랑이 피어
탱글탱글한 땀방울 흐르네

이리 가도 한 세상
저리 가도 한 세상
허리 감아 돌리고 돌리니
노란 별 눈앞에 반짝거리네

사랑의 감정

한순간 물속에 빠져
잠들어도 좋다고 느꼈을 때
물 위를 걸어도 나비가 되어 날아가듯
물속에 발이 빠지지 않았다

한순간 물속에 빠져
한 마리 물고기의 먹이가 되어도 좋다고 느꼈을 때
물 위를 걸어도 한 마리 벌이 되어 날아가듯
물속에 무릎이 빠지지 않았다

한순간 물속에 빠져
나오고 싶지 않을 때
물 위를 걸어도 물안개 피어 유영하듯
물속에 배가 잠기지 않았다

한순간 물속에 빠져
죽음을 생각하고 있을 때
물 위를 걸어도 한 마리 새가 되어 날아가듯
물속에 몸이 잠기지 않았다

사랑하는 임이여
사랑에 감정은 묘해도
사랑을 느끼는 생각은 공포입니다

짧은 시간동안 물 위를 걸으며 느끼는 마음
빠지지 않는다는 생각보다는
빠지지 않기를 바랬는지 모르오

한순간이라도
부지런히 물 위를 걸으며
눈은 먼 수평선을 바라보듯
여유를 갖고 두려움 없이 살고 싶소

돌이켜 본 사랑

목련꽃 아래 떨어지는 꽃잎을 보며
하고 싶은 말 수없이 많았지만
나는 삼키고 만 말도
잡지 못한 손도 없이
눈빛 가고 마음 가는 대로 하냥 걸었다

쉽게 온 길은 없었지
항상 버티며 이겨냈고
아픔도 억지로 삼켰었지
미련 속에 허무하고 쓸쓸했다

멀어진 사랑이여
모든 순간 하나하나가 꽃처럼 향기롭고
별처럼 영롱하고 달처럼 찬란했었지

그땐 왜 알지 못했나
당신의 소중한 그 아름다운 사랑을

시곗바늘을 거꾸로 돌릴 수 있다면

숨을 쉬는 것도
이불을 덮고 자는 것도
잠든 그대 얼굴을 보는 것도
모두가 소중했던 순간들이었지

돌이켜 보면
사랑하지 않는 날이 없고
행복하지 않은 날이 없었기에
그대는 네게 그런 사람이었었지

그 사람은 어떠했을까
끝내 꺼내지 못하고 숨겨버린 주머니 속에
남은 것이 있었을까
궁금증이 스쳐 간다

무지의 영상

영상에 현혹된 착시
거대한 산이 움직이고
거대한 너울이 몰아치고
거대한 강물이 출렁인다

세상은 변하고 문명은 가속으로 달리고
숨겨두었던 빈곤을 헤아리며
호주머니 동전 몇 개의 극진한 삶
행복이라 느끼며 사랑하고 있었다

붉은 노을이 서산에 걸터앉고
빛살은 강가에 내려앉으니
서둘러 자리 이동하는 사람들

명명한 강바닥
힘찬 계곡을 휘돌 때
구름은 나그네처럼 흘러가네

쏟아지는 운무
한기로 바뀌는 적막
움직이지 않는다 믿었던
푸른 솔나무에 깃발을 꽂으니

산 아래 출렁이는 강물
한 편의 영상으로 감긴다

사월의 추억

눈꽃이 밀가루처럼 풀풀 흩날리는 사월
시샘하는 꽃샘추위도 흔들림 없는 나목의 한숨

어디로 갔을까
나의 분신 꽃잎이여
햇살 얇은 그늘에 끼어 꽃잎의 흔적을 버리고 있나

꽃 속에 묻혀도 꽃 벼락을 맞아도
하냥 즐거워하던 모습은
시들어 가는 가지의 애환인가

연둣빛 들판을 가득 채우던 아지랑이
몽실몽실 바람에 그네를 타며
꽃노래 부르는 여인의 치맛자락 흔들어
나폴대는 가지에 걸터앉는다

꽃물이 흘러도 꽃비가 쏟아져도
어디로 가야 할지…

사월이 남겨준 그림자 속을 더듬으며
숨바꼭질은 청춘을 불태우고

사월의 추억도 흩날리는 꽃 비속에
여인네 부픈 가슴 담아
뭇 사내 심장에 대못을 치누나

안녕이라는 말 ...

그 얼굴을 좋아했나 보다
보조개를 좋아할 줄은

환하게 웃을 때 눈은 반달이 되고
쏙 들어간 보조개 꾸욱 찔러보고 싶었지

그런 그대
우이씨 하며 손을 잡아끌었지

그대는
못이기는 척 나를 따라 오곤 했었지

벚꽃 꽃잎이 하늘을 날으면
즐거워하던 너의 모습
아름답던 영상이 떠올라
왠지 모를 애잔함에 빠진다

그대를 보낸 것 후회하지는 않지만
가끔은 천연덕스런 웃음이
꽃과 나뭇잎 사이 햇살로 밀려온다

나는 무엇을 그리워하는 걸까
다른 사람과 발을 맞추고
또 다른 행복에 꽃잎이 날릴 텐데

너무나 좋아했기에
내게 살았었던 날들이
너무 익숙한 일상이라서
가는 곳이 함께 했던 길이라
문득문득 스쳐 가며 찾아드네

안녕이라는 것이
왜 이리도 어려운 것일까?

작은 물방울

내 안에 흐르던 잔잔한 시냇물이
한없이 고요히 흐른다

멈추고 싶어도
흐르기 싫어도
하염없이 흐른다

내 속에 있는 모든 것
목적지가 어디인지도
흐르다 끝나는 건 아닌지

그대와 마주했던 순간들
감정의 비가 쏟아지듯이

힘들어하지 말자
물 흐르듯 자연스럽게
고민을 실어 흘려보내자

가끔은 거칠게
가끔은 잔잔하게
끝없이 넓게 흘려보내자

굽이져 흐르는 물
언젠가 벽에 부딪히지만
그마저도 모두 흘러갈 테니

멈추는 순간
내가 아닌 타인으로
더 큰 세상으로 가기 위해
강물이 될지 아님 바다가 될지

내 마음속에 맺힌
작고 작은 물방울들이
어느새 강으로 범람해 있으니
내 어찌 모든 것을 감당할 수 있으랴

생명

지난해 푸석한 목련 나무
몸통만 남기고 잘라내야만 했던 아픔

하이얀 나목의 슬픈 울음소리가
귓전을 맴돌며
보는 아픔을 느껴야 했다

봄바람 살랑살랑 나목에 스쳐 가니
생명의 속삭임
싹둑 잘린 가지 끝 기염을 토하며 새순이 돋고

연둣빛 잎새는 기특하게 살아 있음을
초록 잎으로 변해가네

시큰둥한 하이얀 나목의 몸통
소담스런 목련을 개화하지 못했지만

아직도
아픈 마음 한 방울의 눈물까지 마르기 위해

언제나 그랬듯이 변함없는 마음으로
푸릇푸릇 피어나기 위해
눈물을 쏟아내는 것 같다

진달래꽃

나지막한 산기슭
굽이진 모퉁이 봄바람 스쳐 가니
해맑게 수줍은 새색시
도란도란 정담을 나누네

따가운 햇살에 반짝이는 얼굴은
솔가지 우산 드리우고
미풍에 실려 온 차가운 밤이슬에
스믈스믈 피어나네

밤이 싫어 떠나간 사람
오매불망 기다리는 이 마음
바람은 알려나

서글픈 마음 봄비는 알려나
밤이슬 촉촉이 맞으며
긴긴밤 지새워도
위로할 임은 오시지 않네

새벽을 깨우고 여명은 밝아 와도
눈물로 지새운 밤
피 멍든 가슴 부여안고
해맑던 새색시가 힘없는 생을 마감하네

아시나요?

우정이라 하기에는
너무나 오래 묵은 사연들
사랑이라 하기에는 너
무나 가슴 아픈 사연들

이제는 떨어지는 꽃잎처럼
한올한올 실타래 풀어내듯
바람에 날려 보내야겠지요

좋아도 했었고 사랑도 했었기에
남남이란 단어가 어색함은
아직도
그대를 사랑하고 있는지
당신을 좋아하고 있는지

외롭기 때문에 사랑하는 것이 아닙니다
사랑했기 때문에 사랑하는 것입니다

지겹게 반짝이는 별
밤이면 밤마다 소곤대며
더욱 사랑을 불타게 하네요

아시나요?
사랑할 때면 고독이 따라 오듯이
더욱 외로워진다는 것을

그대의 꽃향기

고깔모자에 하얀 버선이 쏟아지던 날
은유하게 스치는 너의 향기를 느끼며
많은 생각에 잠겨 든다

한쪽 가슴이 몹시도 흔들리며
아픔으로 이어져 간다

인연조차 서러운 날
눈물 없이 젖어오는 눈시울
사랑한 날보다 그리운 무게의 짐 때문일까

스치는 그대의 그리운 향기만으로도
이토록 숨 가쁜 아픔들을 얘기할 순 없지만

사랑했기에 너무나 사랑했기에
떠나는 뒷모습에 눈물지었던
쓸쓸한 나의 눈동자

작은 별빛이 수없이 쏟아지는 밤
그리움 한 움큼 드리우지 못하고
도심을 가득 메운 그대의 향기는

그렇게 새벽을 만나
슬픈 사랑 홀로 삼키며
이슬에 젖은 눈동자
밝아오는 여명에 하얗게 물들어가네

행복할 거야

희망의 태양이 떠오르는
동녘 하늘은 붉게 물들고
푸르른 저 들판에 풀꽃들의 속삭임 들려오고

싱그럽게 청보리 익어가는 내음도
정열의 불꽃 붉게 타오르는 장미는
울타리를 빨갛게 물들이네요

눈으로 보는 세상에 두 눈을 꼭 감고
마음으로 세상을 본다면 아름답게 보이듯이
마음의 눈으로 마음의 소리를 듣고
마음으로 세상을 느낀다면
모두가 사랑으로 느껴지겠죠

살아 있는 것
지금 눈을 뜨고 걸어 다니는 힘도
사실 무너지지 않았기에
정말 행복할 수 있다는 신념으로
오늘에 희망을 버릴 수 없나 봅니다

부끄럽거나 모자라게 보여도
나를 뭐라고 이야기하는 것도
시간이 지나면 모두 사라질 테니까
별일 아닌 무관심이 될 테니까

잠깐 쉬면서 숨을 고르는 거야
그리고 다시 일어서는 거야

걱정하지마
충분히 행복할 수 있어
나는 정말로 행복할 거야

나의 주인공

사랑이 앞에 없어도
사랑을 선택할 수 있음은
내 생명이 살아 숨 쉬는
또 하나의 축복이자 존재적인 의미이다

사랑을 선택함에 있어
또 하나의 생명으로 이어주는
끈끈한 우애로 서로를 인정하며
선택하는 것입니다

세상에 종말이 있다면
내 마음속에 그대는
항상 그대면 족합니다
선택의 끝도 없이 사랑이니까요

그대는
사랑을 알기 전 선택하기 전부터
내 마음에 오직 그 사랑입니다

사랑을 알고 이별을 알고
슬픔도 알고 그리움도 알고
가슴 시린 고통도 알았지만

그대는
아직도 남아 있는 가슴 속 주인공이자
유일한 선택의 사랑입니다

하루의 시작

새벽이슬 걷히는 고요한 아침이면
지저귀는 새들과의 만남과
뜨락에 피어있는 작은 꽃들과의 밀당은
찬란한 오늘을 그리는 하루의 시작이 된다

부시시 잠깨어 구름에 밀려가는
낯익은 그대의 그림자도 살피며
잡을 수 없는 소중한 사랑도
한 번쯤 돌아보게 한다

작은 희망 하나 소중한 사랑이라면
기약 없는 기다림에도 마음으로 느끼고
가슴으로 느끼며
영혼의 숨결로 느끼듯이
침묵의 새벽하늘을 담으며

가끔은 인연의 울타리에 눈과 귀가 얽히고설킨
매듭의 연분을 포용해야 하는 갈등은
흔적 속에 긍정으로 느끼며

기나긴 하루의 소중함을 알알이 품으며
햇살을 담는 장미의 미소 속에
붉은 정열을 담아 본다

작은 희망들

뜨겁게 달궈진 검게 타버린 아스팔트
햇살을 피해 자판기 앞에 몸을 맡긴다

생면도 모르는 사람들과의 커피 한 잔에
수많은 대화가 오고 가며
식어가는 봄날의 정취를 느낀다

포근했던 봄날도 뜨거운 여름에 밀려
포용하던 세상에 고개 숙이네

기대하지 않은 사람
오랜 친구의 전화벨소리
추운 겨울날 내리는 함박눈
무심코 들리는 귀에 익은 음악 소리

이 모두가
세월의 흔적 따라 변화하며 다가오고
때론 지쳐있던 몸을 추스르게 희망을 주고
또 다른 내일의 희망을 설계하는
행복의 원동력이 되어 주곤 한다

작은 일들 하나가 나의 가슴에 위로가 되고
힘들고 추악한 모든 것들이
이보다 더 사소한 일이라는 것을
너무나 잘 알고 살아왔기에 큰 행복을 바라지 않는다

조그만 행복을 느끼며
감사함을 느끼며 새겨 넣는다

조건없는 사랑

사랑하는 사람이 있으면
가슴으로 사랑하세요

아무렇게나 사랑을 한다면
사랑의 의미를 잊을 수 있습니다

뜨거운 손을 맞잡듯이 사랑을 하면
서로가 되는 기쁨을 느낍니다

요란하게 사랑하면
사랑의 마음이 다칠 수 있기에
잔잔한 물이 흐르듯
오랜 침묵으로 사랑하세요

사랑하는 사람이 있으면
웃는 얼굴로 사랑하세요

표정 없이 사랑하면
사랑의 표현을 느낄 수 없습니다

푸른 바다처럼 넉넉하게 사랑하면
밀려오는 포말처럼 정열적이고
넓은 사랑을 할 수 있습니다

유유히 흐르는 그리움처럼 사랑하세요
수많은 사랑의 언어들이
그곳에서 춤을 추고 있습니다

사랑의 편지

오월이 저무는 계절
정열이 넘치는 사람에게
그리운 마음에 한 통의 편지를
곱게 써보고 싶습니다

항상 가슴에 담긴 진실을 전할 오월은
계절의 여왕답게
정열의 행복이 묻어나는
아름다운 나만의 계절이니까요

하지만 보낼 곳이 없는 편지는
서재에 숙면을 하고
또 다른 내일을 기다리게 합니다

시간이 조급하다는 것
편지를 쓸 때마다 느끼며
감사하며 다행이라 생각합니다

뜨거운 열기가 창문 틈으로 스미는 밤
역시나 머릿속은 텅 비었습니다

삶을 생각하며
사랑을 꿈꾸었던 시간을 떠 올리면서
진정 그리운 사람에게 편지를
또 청결한 아침 뜨락에 써봅니다

한 통의 편지
새소리 재잘거림에 맞춰
어느덧 마침표를 찍었습니다

허나 반복의 마침표는
역시 나는 사랑한다
사랑한다는 마침표를 찍었습니다

끝없는 욕망

뜨겁기만 한 햇살
숨어버린 구름 사이로
아련해지는 석양의 그림자
살며시 아주 포근한 자세로
서산마루에 걸터앉는다

좋은 세상 웃어도 좋은 세상
기쁨이 호흡처럼 습관화되니
작은 마음에 아주 작은 마음에
고갈되어 가는 여유를 느낀다

발아래 두고픈 끝없는 욕망의 시감은
망각으로 치고 올라오는 과욕이니
바람만 불어도 흔들리는 설렘의 마음
고요한 산중에 울리는 성종처럼
내 마음에 풍경이 울리면
삶의 길 위에서 지친 나

한 번쯤 다정하게 안아줄 수 있는
마음의 풍경 소리는
어쩌면 작은 위안을 줄 수 있는
마음의 예쁜 풍경이겠죠

때로는 잊고 사는 건 아닌지

오늘처럼 빗소리는 풍경을 울리듯
황량한 가슴을 울적하게 하고
찢어지는 창가에
작은 울림의 토닥임은
그대의 소리를 깨우고 있으니

숨이 가쁘고 혈압이 오르고
머리가 터질 것 같아요

유일한 생명

잔잔한 바람 먹구름 동행하며
뜨거운 대지에 일격을 가하네

우르릉 쾅!
우르릉 !
후드득후드득 탁! 탁!

내 영혼의 빈터에 이 생각 저 생각
생각의 꼬리를 잡는다

고비를 지나 잠잠해지려나
하지만 막무가내 쏟아붓는다

생각이 깊을수록 첩첩산중 굽는 능선으로 몰리고
마음은 벼랑 끝에 서 있다

사랑이 뭐 길래 항상 비어있어야만 하고
사랑이 담길 그릇은 고독만 담는다

거센 빗줄기 속에 비어 있는 하늘에는
임의 그림자도 느낄 수 없네

두렵지 않은 하늘 생각하기 싫은 하늘
뒤뜰에 버려두었던 하늘
먼지를 털고 깨끗이 닦아보니
빛나는 얼굴이 들어온다

잊어버리자 굳은 맹세
잊을 수 없는 마음의 미련은
사랑을 선택할 생명을 심는다

선택하기 전부터
나의 유일한 생명은
그대를 사랑했기 때문입니다

하루살이

칠흑 같은 어둠 보이지 않는 달빛
별빛마저 외면하고 공기조차 메케한 내음으로
전신을 휘감는 공허 속에 굴레의 밤

낯익은 벨 소리에 새벽 창문이 열리고
밝은 햇살 싱그러운 바람 따라
보이지 않는 사랑 찾아 나선다

한 걸음 한 걸음 내딛는 발걸음에 무게도
오랜 여정에 대접받지 못하고
비루한 세월에 삐그덕 거리네

시들어가는 육신의 활력소도
어둠의 터널을 동행한 불행한 상처들의 힘이 되어
아직도 묵묵히 걸어가고 있네

사랑받으며 향기 품어가며
동행하는 임 없어도
거친 비바람에 살을 찢는 눈보라 속에도
행복을 찾기 위한 발걸음은

고층빌딩 언저리에 야물지게 걸터앉은 노을
검붉은 회심의 미소 지으며
힘겨운 하루살이 인생의 마침표
부러운 눈빛으로 서로를 반겨주네

마음의 꽃

은은한 향기 다소곳이 다가올 때
폐부로 느껴야 하는 심정은
누구도 알 수 없는 혼자만의 고통이기에
그대는 영원한 마음의 꽃이여

활짝 핀 꽃은 뜨거운 정열로 스며들어
불 꺼진 마음의 창에 환한 미소로 가득 피어나니
그대는 아름다운 마음의 꽃이여

영혼을 불사르며 기억의 틈 속에 끼여
남몰래 흘린 눈물이여 슬퍼하지 마시게
남몰래 피고 시들어도
그대는 진정한 마음의 꽃이여

꽃잎에 스치는 산들바람 너울거려
그대의 향기 사라진다 해도
마음에 피어난 꽃
영원히 시들지 않는 마음의 꽃이여

행복 연습

고생했어요
많이 힘들었죠

누구 하나 그대 마음 같지 않고
누구 하나 이해하려 들지 않으니
무거운 가슴 안고 살아왔을 거예요

한두 번이 아니었을 거예요
셀 수 없는 아픈 말들과 생각지도 못한 어려움
가늠할 수 없는 깊은 상처로 아팠겠죠

그대의 마음을 다 안다고 말하지 않을게요
나도 그대 마음과 같다는 말로 위로하지 않을 거예요

그저 지금보다 더 괜찮아지기를 바랄게요
그대가 조금 더 행복해지기를 바랄게요

그대는 웃음이 예쁜 사람이니
여리지만 건강한 사람이니
착하지만 강한 사람이니
아름다운 모습과 행복해지는 연습을
우리 함께 노력하며 연습해요

날수만 있다면

세월은 머무르는 듯 흘러 흘러만 가는 데
떨어진 꽃잎에 향은 바람에 떠밀려가고
사소한 삶의 의미는 왜 이리 고통스러울까

구름도 너울너울 한가로이
산등성이 넘어가는 데
뜨겁던 대지의 열기는 식을 줄 모르고 있으니
시원한 바람
너는 어디에 숨어 애간장 태우고 있는 가

저물어 가는 붉은 노을 앞에
한가로이 다가오는 새들
떠나야 할 시간
야속한 눈빛으로 재잘대며 숲으로 날아가네

달빛이 보이는 가로등 벤치에 앉아
홀로 독백에 잠긴 나

날수만 있다면 추잡한 찌꺼기 떨치고
별들과 웃음꽃 피워가며
영혼을 지배하며 살고 싶어라

그대 였으면

창가에 흐르는 이슬처럼 촉촉한 얼굴을 드리우는
아침 햇살같이 흘러내린 머릿결 쓸어 올려주며
이마에 입맞춤하는 사람이 그대였으면

부드러운 커피 향 가득 머그잔에
살포시 녹아가는 설탕에 부드러운 미소로
하루를 풍요와 기쁨으로 녹아내리는 사람이
그대였으면

분분히 흩어지는 뜨거운 열기 속에
다가오는 꽃들이 귓가를 간지럽히며
자각자각 스쳐 가는 봄바람같이
마음가득 설레임으로 나를 안아주는 사람이
그대 였으면

메마른 황무지에 단비같이 떨어지는
아련한 봄비의 간절함은
눈물 속에 숨겨진 사랑이 타인이 아닌
바로 그대였으면

영원히 사랑으로 남을 내 삶 속에
어제와 오늘이 내가 알 수 없는 내일까지도
그대와 함께 할 수 있다면

떠날 수 없는 한 마리 새가 되어도
그대 위해 사랑 노래 부르리
그대를 진정 잊을 수 없기에

꽃들의 반란

화염에 둘러싸인 담장
적나라하게 타고 올라가니
곁눈질 지켜보던 가엾은 찔레꽃
고개 숙여 시름시름 울고만 있네

둠벙에 붓꽃도
작은 길섶에 개망초도
보란 듯이 꿋꿋하게 피어나고
지칠 줄 모르는 유월의 탐스럼이여

돌아서면 울긋불긋 내게도 관심을 보여달라
스치는 바람에 요염을 떠는
붉은 양귀비 춤을 추며 유혹하네

흐르는 땀방울만큼
붉은 유월은 정열로 다가오고
쉼 없이 돌아가는 세월의 쳇바퀴
뒤돌아볼 틈이 없는 유월의 향기여

때가 되면 떨어질 꽃잎들
앞서거니 뒤서거니
화려한 자태로 세인을 울리네

힘없이 떨어지는 노을
붉게 물든 서산에 주저앉아
초 잎새 들려오는 뻐꾸기 장단에
붉은 해당화 옷고름에 알록달록
슬픔을 간직한 영혼을 빨갛게 물들이네

푸른 창공을

사랑은 영원한 것
영원한 거짓말에
사랑은 지금도 피고 지니

사랑해요
사랑해요
사랑이 뭐 길래
사랑이 피고 지기 전에
마지막이라도 빨간 립스틱 짙게 바르고
하늘거리는 바람에 몸을 맡겨
그대를 유혹하고 싶어라

청춘은 시들어도 정열의 단맛을 내며
허리춤에 바람도 동행하고
어깨춤에 덩실덩실 휘감아 보니

사랑은 거짓이 없기에
다시 사랑에 빠져 영원한 사랑을 믿으노니
유혹의 세레머니 자유분방의 모습으로
사랑의 그물에서 헤엄치며 사랑을 속삭여라

천년을 살 것이요
만년을 살 것이요
이 가슴이 마르기 전에
원 없이 푸른 창공을 나르자

색소폰 연주자여

고요한 장막을 깨고
요란하게 쏟아내는 빗줄기

후드득
후드득 탁! 탁!
우르릉 쾅! 쾅!

잠시도 쉬지 않는 번쩍거리는 발광체는
작은 멜로디 속으로 스며든다

낮게 깔리는 저음의 알토색소폰 소리
감미롭다 볼을 타고
흐르는 눈물

사랑에 올인 한 아련한 추억을 말해주듯
구멍 난 가슴을 헤집으며
구구절절 찢어내는 색소폰 연주자의 느낌은
어떤 것일까

삶이란 이름으로 멍에가 씌워진 채
하루하루 살아가지만
내 영혼 속 작은 틈 속속들이
굴러가듯 헤집고 다니네

궂은 비 내리는 밤
색소폰 선율에 촉촉이 가슴 젖어봅니다

소중한 행복

야트막한 산 아래
삼라만상이 공존하는 숲의 세계가 눈을 뜨고
빛나는 청춘 소리 없는 발걸음
아침을 등에 업는다

나목이 뿜어내는 새콤달콤한 이슬은
새들에 목을 가득 축이고
물소리 바람 소리 밀려가는 뭉게구름
공생 공존이 아름다워라

하루를 시작하는 시간
마음에 평온을 느끼고
하루를 마치는 퇴근길
상큼 발랄한 기운이 맴돈다

아침 햇살이 반짝 비출 때보다
해 질 녘 노을이 더 아름답듯이
꽃이 만개하면 꽃잎은 분분히 날리니
꽃이 질 때에도 아름다워라

마음은 강물처럼 흐르고
가슴은 바다처럼 깊어만 가니
그리운 미련도 미련한 욕심도
통곡할 원망도 모두가 부질없음을

내려놓을 수 있으니
소중하고 작은 행복을 느낀다

숲속에 나목

이슬방울 톡 톡 톡
새벽을 열어가는 꽃잎들

따가운 아침의 햇살
눈이 부셔라 가지를 흔든다

듬직한 고목나무 가없은 꽃잎에
그늘을 드리우고
흥겨운 새들의 장단에
숲속의 희망을 열어가네

공기 같은 고목
잠시도 쉴 수 없는
절실한 쉼터이자 친구이다

한 때는
절실한 만큼 세상을 미워하며
증오에 불타오를 때
그늘의 서늘함과
마음의 안정을 제공하며
위안을 주는 안식의 품이었지

세상은 듬직한 고목에 의해
메마른 미등 산이 맑아지고
돌 틈에 흐르는 물에 의해 윤택해지니

띠처럼 걸린 고목의 그림자는
피곤한 얼굴로 돌아오는
나그네의 지친 어깨 너머로
사랑해요
사랑해요
삶의 희망을 담아주니

나는 느낀다
진정한 나목의 울음은
푸른 색깔의 옷을 입기보다

목이 마른 나그네의 마음을
진정한 눈빛으로
삶의 생명력을 심어주며

언제나 그늘이 되고 마음으로 품어주는

사랑의 메신저
사랑을 위해 울고
사랑을 위해 웃고 있음을

너와 나

너와 나
밤하늘에 별이 되어
빛나는 사랑을 그렸었지

너와 나
밤하늘에 달이 되어
달콤한 사랑을 만들었었지

너와 나
밤하늘에 구름이 되어
포근한 사랑을 했었지

너와 나
소낙비가 내리면
일곱 색깔 무지개 타고
만리장성을 쌓은 적도 있었지

하지만
지금의 너와 나
밤하늘에 빛나는 별도 빛나던 달도
간곳없는 외로운 사냥꾼이 되었지

수많은 그리움 속에
오늘도 내일도 은하수를 건너서
외로운 별나라 여행을 떠나지

이 밤도 많은 그리움 속에
너와 나
까만 밤하늘에 영원히 빛나는 별처럼
하나가 될 수는 없는 것일까

고소한 맛

맑고 푸른 하늘이 여릿여릿 구름 따라
내게로 스며온다

푸른 바다에 하얀 포말이 흩어져
영롱한 안개꽃 피어나듯
내게로 스며온다

초여름 따가운 햇살은
들녘에 청보리 익어가듯
내게로 스며온다

뜨거운 가슴에
뜨거운 열정으로
가볍게 살사 춤을 추듯이
내게로 스며온다

꽃 한 송이 입에 물고 나르자
벌과 나비 떼거리로
내게로 스며온다

모두가 스며드니
타오르는 목젖의 갈증
하얀 머그잔에 꽃향기 담아
푸른 세상을 통째로 마시고 싶다

마시는 하늘에 능금이 익어가듯
풍요로운 시의 감촉도
계절 따라 고소한 맛으로
내게 스며들었으면...

짧은 순간들

순간순간 다가오는 그리움
별을 헤아리며 느낀다

째깍째깍 귀청을 울리는 고독
별을 바라보며 느낀다

오래지 않아 이 몸 흙이 된다 해도
별들의 반짝임은 영원하겠지

토닥토닥 그들이 나를 잊고
기억 속에서 없어진다면
화려한 별들은 눈물을 흘릴까

이 순간 내가 웃고 이야기한다는 것
두뇌가 기능을 멈추지 않는 한
별들과 함께 하는 밤은 행복하다

푸석푸석 살갗이 윤기를 잃어도
오장육부가 썩어들어가도
마음에 글을 쓰고 있다는 것은

아직도

이 순간 내가 화려한 빛은 아니어도

어찌하지 못할 사실이다

별을 보며

사랑해요!

사랑해요!

다가오는 숙명처럼 짧게만 느껴지는 밤이다

사랑의 그림자

미소로 다가온 그대
한 송이 꽃으로 물들고 벌과 나비 득실거려도
사랑을 만들었지요

언제나 미소와 함께
달덩이 같은 얼굴엔 향긋한 꽃내음으로 치장하여
이 마음 취하게 했지요

비가 오나 눈이 오나 바람이 불어도
한마음 한뜻이 되어
내 품에 꽃이 되었지요

그 마음 변함이 없어 바라만 보아도
배가 고픈 줄 몰랐던 시절
안타까운 사랑이었지요

피고 지는 사랑 그 사랑에 목이 메어
눈물로 지새우는 밤이면
술잔에 피어나는 쓸쓸한 꽃은
그리움의 꽃으로 가슴을 태웠지

아직도 그 사랑에 젖어 별을 헤아리는 밤이면
남몰래 눈물을 삭히던 시간이
아슴아슴 스쳐 가지요

향기에 탐나 찢어진 마음에 고통
달님을 바라보면 치유되지 않는 상처이기에
멀리한 세월이지요

이제는 벗어나리라 믿지만
가슴이 허락하지 않는 사랑
마음에 상처가 된다 하여도
사랑에 그림자라도 담고 싶습니다

사랑은 식어도 마음은 식지 않았기에
열정으로 담아 보렵니다

먼 곳을 향하여

임이여!
임이시여!
이제나저제나 오시려나

계절이 숨통을 조아리면
숨이 막혀 지칠 듯 하지만
밀려오는 그리움은 누굴 원망하리오

봄이 오면 파릇파릇 새순이 돋고
동면에 잠들던 마음에 그림자도 깨어나고

산과 들 윤슬이 빛나고
꽃들은 미소로 피어나는 데

어이하여 그대는
먼 곳만 바라보고 있는지
계절 따라 철새도 돌아오는 데

순응하며 살아도 거부할 수 없는 마음은
또 다른 계절 속으로
눈물에 돌다리를 건네요

아쉬움 속에 지친 몸 끌어당겨
잠자리에 뒹굴어도
창가에 스미는 불빛 속에
그대의 환영만 미소 짓네요

이 마음 소쩍새는 모를까
밤이면 그리움에 부채질하는지

기다림에 시간도 흩어지는 기억 속에
하루가 짧아져 오건만
어이 그대는 먼 곳만 바라보나요

영원한 빛

내 마음 깊은 그곳엔
외로운 영혼이 수십 년 잠자고 있다

공기 같은 사람 숨 쉴 때 알지 못하다
울적하고 쓸쓸한 날에는
살며시 깨어 망각을 흔든다

그늘 같은 사람 있는 듯 없는 듯해도
쉬고 있을 때에는 깨어
마음에 동요를 일으킨다

매일같이 동행하며 위안을 주는 듯하여도
소소한 일에도 토라지면
검은 수렁 속으로 밀어 넣는다

곁에 없어도 가슴에 남아 있는
붉게 물든 저녁노을이
띠처럼 걸쳐 자극을 한다

내가 사는 세상 스쳐도 인연이라
누군가는 말을 하지만
그 또한 인생을 좌우하지 않기에

소중한 것 아름다운 것
가지고 싶은 것
지키고 싶은 것들이 있듯이

내 마음 깊은 그곳에
변덕쟁이 영혼을 아직도 선택해야 한다면
망설임 없이 가슴에 담습니다

내 마음에 유일한 빛이여
유일한 생명이기에
영원히 지키고 싶습니다

고난이 따르고 고통이 온다 해도
순응하며 아파하고 후회란 일상이 따라와도
힘들고 고달파 지칠지언정
꼭 그래야만 될 것 같다

내 마음의 영혼
하늘이 내게 보내준
단 하나의 유일한 존재이자 영원한 빛이니까

연꽃잎 사랑

수면위로 곧게 뻗어 올린 잎새
사이사이로 드리워진
검게 늘어지는 그림자의 사유

온종일 그대만 생각하다
주름진 잎은 커져만 가고
손을 내밀어 알아주는 임도 없건만
높은 수심에 그림자만 키우네

먹이 찾아 분주한 참새들만
주위를 번갈아 맴돌 뿐

수심으로 얼룩지는 잎새에
수없이 흐르는 상처들

막연했던 순간
놓아버린 사랑도 잊어야 했던 행복도
고달픈 순간순간에 잊은 채
배만 키워가는 그대의 모습은
잔잔한 수면에 바람이 주고 가는
미소에 갈대처럼 흔들리네

내 마음일까
숙연한 너의 모습
수면 아래 물고기는 알까

어쩌면 진창에 피어날
연꽃의 그리움인가

진흙탕이면 어쩌랴
비워도 그리워지는 마음은
붉은 노을처럼 타들어 가는데

미련한 속앓이는 종착역이 가까워져도
삶의 무게 앞에 저울질하네

사랑의 묘약

사랑은 가진 것을 돌려주듯
베푸는 것이 아닌
그대의 마음임을 알았습니다

행복은 내가 웃음으로서
밝게 보이는 것이 아니라
그대의 미소임을 알았습니다

기쁨은 혼자가 아닌
함께 느껴야 하는 것을
그대의 웃음에서 알았습니다

그대는 내 인생의 전부임을
세월이 무르익은 지금에서
돌아보며 느낌을 알았습니다

혼자는
외로운 판토마임에 서글픈 광대라는 것을
부딪치는 삶에서 알았습니다

인생은 혼자 만드는 것이 아닌
둘이 하나가 된다는 마음으로
살아야 한다는 것도 알았습니다

그리움은 이겨낼 수 있어도
외로움을 이길 수는 없음을
밤이면 느끼는 것을 알았습니다

이별은
혼탁한 세상에 버려지는 애완견처럼
고통의 잔인함도 알았습니다

재기란 가진 자의 쥐똥이지만
없는 자의 사치로 느끼며
소통을 만들기 위해 살았습니다

부귀영화 헛된 희망 속에
무엇을 위해 살았는지
후회로 일관하며 살았습니다

희망을 보며 한 치의 앞도 모르기에
짧아지는 인생의 길목을
후회 없는 삶이 되게 노력합니다

희망의 날개

파뿌리가 되어가는 머리
살아온 훈장처럼 팔랑이고
오선지에 음표를 달아놓은 이마
미소 속에 세월은 파도를 친다

탱탱했던 가슴도 쇳덩이도 씹었던 치아
용광로 같던 투지의 정열도
슬픔 속에 세월은 거품이었나

마음만 앞서는 노년
지칠 줄 모르던 정신력도
띵띵 뿔은 라면처럼 버거운 인생
젓가락 전쟁에 식은땀 흘리네

아이쿠 소리는 구멍 난 창호지 바람들 듯하고
구석구석 삐그덕대는 뼈마디
어느 한구석 온전한 곳 없네

지나온 길은 허무하고 종착역은 가까워지는 데
청춘이나 지금이나 무상함은
주체할 수 없는 그리움뿐이네

모든 것들이 변해도 마르지 않는 눈물샘은
끈적끈적한 소나기가 되어
하염없는 그리움만 부추기네

넉넉했던 마음도 세월 따라 새가슴 되어
실바람에도 위축되어 가니
마음은 움직이는 종합병원일세

하늘을 원망하랴
세월을 원망하랴
출렁이며 살아온 인생
희망의 날개 달고 나르자

보내야 할 사랑

흐린 하늘에 먹구름 바람 따라
오락가락 비를 뿌리며
전형적인 장마를 예고하고
땀내가 향기로 느껴지는 찜찜한 밤

얼마나 품었기에
얼마나 무겁기에
얼마나 요란을 떨치려
제 자리만 맴도는 잿빛 먹구름

오랜 기다린 만큼 퇴색되어 가는 사랑처럼
나 홀로 겪는 세월의 끝마디
무엇을 위해 동분서주하는지

시작도 끝이 없는 인연의 삶에 뛰어들어
하루를 느끼며 미소 짓고
하루를 마감하는 기쁜 마음은

빈 가슴에 빈 깡통에 울리는 소리
두려운 심정이기에

보낼까 합니다
보내야만 하겠지요
이렇게 그대를 보내야만 하는 것이
진실한 가치의 소유이기에

잊을 수 있을까
잊어야만 한다면
이렇게 그대를 잊어야만 하는 것이
진실한 가치의 그리움이기에

남이 되렵니다
남이 되어야겠지요
이렇게 그대와 남이 되어야 하는 것이
고통을 벗어나는 희망이기에

두렵지 않습니다
이미 두려움은 잠들고
다가오는 새로운 희망이
나를 용서하듯 이정표가 되겠지요

착각의 늪

빈 몸으로 버티고 버틴 세월
치열했던 현실 속에서
꿈도 희망도 사라진 지 오래
허무하게 버려진 세월

육신에 달그닥 거리는 소리
몇 년을 더 버티고 살아갈까

꽃도 아닌 나
나비 하나 날아와
하고 싶은 이야기 재잘거리다
늘어진 귓불에 키스하고 살며시 날아가 버리네

속에 있던 희망
이글거리는 태양처럼 마음을 깨우고 있다

착각이라는 생각을 하면서도
가치 없는 이야기는
상처 난 열매에 벌레처럼 파고든다

얼마 만에 느껴보는 감촉인가
황홀했던 이 시간의 흥분
시간이 날 때마다
하얀 백지 위에 그리듯
긁적이며 감정을 느껴본다

괜시리 설레이는 마음
흰머리에 오선지 날리며
전전긍긍하며 내일을 생각한다

인생의 꽃

한낮의 무더위도
노을이 걸치는 서산에 실바람이 불어오면
끝없이 요동치는 갈대의 인생

별들이 하나둘 떠오르면
갈림길에서 망설이는 그대의 품속 인가요
내 속의 촛불인가 바람의 인생

찢어진 달님의 모습 밀려오는 갈등 속에도
반쪽으로 빚어내는 달그림자의 빛
외로운 인생

소쩍새 슬피 우는 숲속 가지들의 흔들림
한밤의 소야곡 되어 솥쩍다 솥쩍다
서글픈 인생

수많은 인생 속에
한 치의 앞도 못 보는 행복
내일의 나를 위로하며
한 송이 꽃으로 피는 인생의 꽃 되리

그리움 하나

가을
어떤 그리움 하나

빛바랜 담쟁 넝쿨 아래
샘물 같은 미소로 반기는
보랏빛 들꽃

코발트색 하늘에서
선물처럼 내려온 양 떼 구름
봄보다 더 아름다웠던 내 생에 가을날

뜨거웠던 심장 위로 각인되며 쓰인
붉은 단풍빛 연서는
가슴 일렁이는 가을
어떤 그리움 하나입니다

정답던 목소리 낯설게 들려도
삶의 언저리에 곱게 물든 지나간 기억들이
퇴색된 낙엽처럼 부서져 흩날려도
서럽지 않은 이 가을

살랑이는 갈바람에 녹아드는
솜사탕 같은 인연이 남긴
가을
어떤 그리움 하나입니다

부질없는 인생

저 푸른 잔디 위에 알알이 뿌려지는
빛나는 윤슬의 정체는
빗나간 시간들 속에
한 가닥 희망이 소중한 아침이슬로
촉촉이 눈망울에 스민다

어리석은 추억 소중함을 잃은 지금
침침해져 가는 눈동자에
굶주린 사랑 꽃처럼 피우려나

무정했던 사람
야속했던 사람
깨어나려 발버둥거려도
체념에 젖어 흔들려야만 했고
낙엽처럼 뒹굴며 살아온 인생이여

바람도 쉬어가는 고목나무 그늘아래
하양 구름 벗 삼아 지친 마음의 꽃
영혼이라도 함께라면

먼 훗날
사유야 어떻든 길모퉁이 떠돌다
벌과 나비 외면하면
영혼 없는 미소만 남기고
쓸쓸하게 떠나갈 한 줌의 흙

미련도 없이
고통도 없이
외로움도 없이
사랑이 꽃피는 열차
일등석에 앉아 웃으며 가리다

불꽃 사랑

황금빛 모래사장 지친 노을이 내려앉고
어둠은 불빛을 굴리고 별들은 노래하네

출렁이는 파도 소리에 갈매기 떼 넘실대니
번뜩이는 굉음과 함께
푸른 바다 위로 피어나는 불꽃

한밤중 북적이는 인파
형형색색의 빛나는 불꽃에
함성과 거친 숨소리 쏟아지네

청춘 남녀 쏟아내는 에너지
모래사장에 피어나는 불꽃
오직 둘만의 사랑 이야기는 수많은 시선을 강탈하며
애정행각에 피어나는 사랑에 꽃이니

미소 꽃
행복 꽃
웃음꽃
사랑 꽃
무지개 꽃으로 미로의 불꽃을 튀기네

이 밤을 하얗게 태워도
꺼지지 않을 불꽃은 수평선 넘어
벌거숭이 여명이 눈부심으로 깨어나면
불타는 청춘 역사를 쓰겠지

불꽃이 맺어준 그 바닷가 모래사장
영원히 기억하며 간직하겠지

부럽다
부러운 밤 불꽃도 잠시 철썩
쏟아지는 별빛을 헤아리며
기억의 저편으로 멀어져가는
내 사랑을 살며시 담아봅니다

쓰다만 글

하얀 백지 위에 낙서처럼 끄적끄적
형형색색의 무지개 옷을 입혀
쓰다 놓은 시제들이
쓰다 버린 시어 속 글자들이
대롱대롱 서재에 매달려 쓸쓸한 고아들 같다

한 철 폭삭 익은 시어와 시감은
흐느적흐느적 거리며
달그닥달그닥 거리는 노 시인 옆으로
고삐 풀린 망아지처럼 낭창낭창 다가온다

시원한 아침 빗방울 툭 하고 떨구니
하늘 거기에 있음을 느꼈고
헛기침 툭 하고 쏟아내니
나 여기 있음을 알았고 살아 있음을 알았다

반복되는 하루의 일상이라도
느낌을 자극하는 시어들은
잠시도 쉬지 않고 뇌를 기름칠한다

사뿐사뿐 사립문을 열 때에도
발밑이라고 소홀하게 할 수 없다

마음의 시작은 두 눈에 직시하는
작은 꽃들로부터 담장을 넘는 꽃들까지
모든 것들이 발밑에 거기서 싹을 틔우기에
웃으며 기웃거린다

에헤라
오늘도 하나둘 꽃들과 헤픈 수다나 떨며
고달픈 석양이 떠나면 별이나 헤아리며
임의 사랑 노래나 불러야겠다

사랑하는 그대여!

새벽녘 눈을 뜨면
가장 먼저 떠오르는 얼굴
사랑하는 그대

햇살보다 더 먼저 내 마음속에 떠올라
태양보다 강인한 빛을 비추는
사랑하는 그대

빗소리 들리는 날 지루한 시간들 속에
더욱 길게 느껴지는 그리움
사랑하는 그대

석양이 지는 계절 태양보다 먼저 다가와
마음속에 머물다 가는 존재
사랑하는 그대

세상을 밝히는 태양과도 바꿀 수 없는
내 생에 전부임을 느끼는 존재
사랑하는 그대

그대는 결코 잊을 수 없는 사랑
내 안에 살고 있는 존재로
태양보다 먼저 지지 않습니다

사랑하는 그대여!

홀로 가는 인생

흔들리는 갈대처럼
백발이 무성한 갈대처럼
화려한 윤슬 속에 빛나는
진주 같은 기회는 있을 것이다

세상을 부러워하는
탐욕의 인생이 되지 말고
내 삶이 아름다운 진주가 되어
강인한 갈대가 되리라

어차피 홀로 가는 인생
평생을 삶의 길목에 서서
서성거리며 후회하고 살아가느니

내 이름 석 자에
세상이 부러워하는
최고의 삶을 추구하며

멋있고 당당하고 매력이 넘치는
귀하고 값어치 있는
이 시대의 삶을 살아가리

낙엽이 지던 날

나뭇잎들이 마지막 이야기를 끝내고
안녕을 외치는 가을!

삶의 마지막을
더욱 더 아름답게 장식하기 위하여

은행잎은 노란 옷을 입기 위해
여름날의 찬란함도 잊어야 했고

단풍잎은 붉은 옷을 입기 위해
마지막 남아 있던 생명까지
모두 버려야 했다

거리거리에 가을을 보내야 하는
외로움으로 흔들리며
쏟아져 내리는 낙엽들

우리의 소중한 이야기
우리의 달콤한 사랑도

아직은
미련으로 남아 있는 이 가을이
너무나 빨리 떠나고 있다

파랑새

그 사람 이름은 하나이어도
내 마음속 그리움은
천 길 물속 같으니

그 사람 얼굴은 하나이어도
내 얼굴에 그리움은
눈물로 마르지 않으니

그 사람 심장은 하나이어도
내 심장의 불꽃은
꺼지지 않는 용광로 같으니

그 사람 모습은 희미해져 가도
내 기억의 한 사람
지울 수 없는 사랑이니

그 사람 목소리 상냥하여도
푸른 잔디 위에
흩어지는 이슬방울 같으니

내 속에 그 사람
그대라는 사람은
영원히 떠나갈 수 없는
한 마리 파랑새라는 걸
그대는 잊지 마세요

나의 사랑

그대는
나의 마음입니다

욕망이 불타던 젊음
청춘을 돌릴 수는 없지만
느낌이 있어 그립고
생각이 있어 보고 싶습니다

빠듯한 일상과 시들어가는 육신에
행색이 초라하여도
그대가 아니라면
이런 마음도 품을 수 없겠지요

마음 하나 다칠까 무음의 발소리로
말없이 미소를 보내던
그대를 기억하는 하루는
늘 기쁨으로 보낼 수 있습니다

고독과 외로움이 찾아와
막걸리 한 잔 기울이면
그대는 내 안에 자리해서
무언의 미소를 지으니
외로움은 그리움이고 사랑입니다

흘러가는 세월 속에
오고 가는 바람처럼
그대 때문에 생겨난 알 수 없는 마음
그런 그대를 사랑합니다

멀리 있어도
사랑이 있어 정이 흐르나니
언제나 나의 생각 속에 있는
그대는 바람처럼 구름처럼
나의 사랑입니다

행복지기

찬바람 스쳐 가는
고요한 벤치에 홀로 앉아
향이 좋은 차 한 잔을 마시며

닫혔던 가슴을 열고
외로웠던 기억을 말하면
내가 곁에 있어 줄게 하는 사람

험난한 세상에 지쳐가는 삶이지만
희망을 말하며 꿈에 젖어 행복을 주는 사람

외로운 삶을 말해도
고독한 삶을 말해도
살아있다는 믿음의 희망을
행복으로 감싸 안아 주는 사람

굳이 관계의 틀을 짜지 않아도
인연의 줄을 당겨 묶지 않아도
찻잔이 식어갈 무렵
따스한 인생을 말해주는 사람

빈손으로 가는 인생
바닥에 떨어진 낙엽처럼
사람의 발에 밟혀 찢기는 낙엽처럼
처참한 인생보다 베푸는 인생 속에
행복한 시간을 만들어 주는 사람

욕심만으로 채워지지 않는 행복
때로는 자신이 행복하다는 사실을
잊지 않는 것만으로도 행복하기에
마음에 문을 열고 닫는
행복 지기가 되고 싶다

노을처럼

지나온 삶이 저녁노을처럼
무르익어 채색될 때

가끔씩 흔들리는 인연의 슬픈 사연들
인생은 고독한 그림자 속에
과거의 미련도 현재에 머무르며
미래를 볼 수 없는 동안
휘청거렸던 사랑도 슬픔 속에 견뎠던 고독도
인고 속에 거쳐야 하는 인생이니

시간이 흘러가듯 햇살은 창가를 비추고
세월 속에 비추어진 내 모습에
별과 달은 친구 되어 시려오는 무릎 감싸 안고
서로의 아픔을 함께 나누네

짧다면 짧고 길다면 긴 세월에
동행하는 님은 없어도
서산에 걸터앉은 붉은 저녁노을처럼
은은한 삶은 무르익어가니

혼자서 걷는 인생
파아란 하늘 아래
아름답게 피어난 무지개를 보며

진실한 목소리로 진실한 말 한마디로
행복하게 살았다고 말하고 싶다

사계

눈 머금은 구름 새로
이슬에 젖은 낙엽 힘없이 떨어지며
오늘이 가고

눈 머금은 바람 새로
힘없이 매달리던 낙엽의 존재도 흩어지니
한 주가 가고

눈 머금은 빗소리에
거리를 에워싸던 가엾은 낙엽들
사랑을 잃고 방황하니
한 달이 흐르고

눈 머금은 눈송이 흩날리면
사무치는 그리움 쌓여가고
그대 품에 잠들고 싶던
일 년이 가겠지

꽃 진 자리에 잎이 피고
잎 진자리에 눈송이 날리니
그대의 하이얀 마음 꽃과 함께 눈 녹여
겨울도 가겠지

세월 속으로

불타던 젊음도
흘러가는 세월 속으로 떠나가 버리고
추억으로 묻혀 잠자던 장미 한 송이
그대가 그리워지네

그리움 너머로 서럽게 흔들리는
보고 싶은 얼굴 속에
아슴아슴 사라져가는 기억들

멈출 수 없었던 시간
숨 막히도록 바쁘게 살아온 시간들
황혼의 빛이 다가오는 것이
너무나도 안타까울 뿐이다

세월에 휘감겨서 온몸으로 부딪치며
흘러가듯 억세게 살았는데
저 멀리 종착역이 보이기 시작하네

생존의 소용돌이 속을
겁 없는 젊음으로 살았는데
불타던 열정도 식어만 가네

삶이란 지나고 보면
지나가는 한순간 이기에
돌아보는 세월에 미련만 남는다

아침의 맑은 햇살도
저녁이면 붉은 노을로 지고
밤하늘 달이 열리고 별이 빛나듯

계절마다 피는 꽃
제각기 지는 것도 서로 다르듯
순응하며 조화를 이루면서
남은 생 그렇게 살아가리

붉은 그리움

온종일 잿빛 구름 하늘을 삼켜버리니
햇살마저 빛을 감추었고
불어오는 찬 바람 잿빛 구름을 헤치며
시린 가슴을 에워싸니

그대 그리움에 막연한 희망을 꿈꾸던
뒤척이는 얄궂은 눈물의 파티

무심한 바람 타고 질척이는 빗방울은
해거름 녘 심장을 후비고
까마귀 울음소리에
빗방울 최면에 허물 벗고
해탈의 경지에 벗어나지 못한 추억들

세월의 미련 잡지 못해
쓸쓸하게 떨어지는 낙엽들
생을 마감하듯 여행을 준비하니

꽃잎에 떨어진 빗방울
함박꽃 닮은 붉은 그리움
호롱 불꽃 위에서 춤사위 펼치고

흐르는 세월
말없이 흐르는 물
그냥 그렇게 보내는 거겠지

아 !
숨죽이는 가을 세월을 먹는 고독
소리 없이 가슴으로
붉은 정열의 미련 하이얀 그리움 품으며
겨울을 받아들이고 있네

변함없는 사랑

갖가지 숨은 사연들 질곡 같은 어둠에 숨기고
외로운 하루를 포장하는 시간

찬 바람 몰아치는 공허한 벤치의 한기는
푸석푸석한 마른 풀잎에 빈속을 할퀴며 지나가고

고독한 늙은 사슴 고요한 휴식은 멀기만 하고
북풍한설 깊어만 가는 야한 밤

골목 어귀마다 쌓여가는 소중한 사연들
시린 겨울의 빈자리는 그리움입니다

마음속 깊이 더 생각나는 것은
그대를 그리는 간절함에
아무런 말하지 않아도 사랑이 더욱 빛나는 것은
함께 하고픈 믿음과 편안함이겠죠

하이얀 눈송이 온 세상을 수놓아도
겨울이 춥지 않은 것은
그대의 따뜻함이 스며들기에

언제나 같은 목소리

그대 이름 부르고 싶은 것은

그대 곁에 자리하고 싶은 바램이겠죠

타인이 아닌 내가

그대와 함께하고 싶은 마음은

변함없는 사랑이 존재하기 때문입니다

모순적 사랑

세상의 모든 문
나에게만 닫혀 있다고
생각하며 살아가는 한 남자

안 좋은 생각들은 너무도 마음을 괴롭히고
깊은 수렁으로 밀어 넣는 기분이지

나는 지금보다 더 좋은 사람이 되려고
나 자신을 학대하며 살아가지

눈 앞에 펼쳐진 현실 아직도 갈 길은 험한데
무엇을 할 수 있을까 하며
나 자신을 궁금해하기도 하지

떠나보내고서 잘났니 못났니
비교하며 자책도 하고
있을 때 잘할 걸 후회도 하지

식으면 식은 대로 뜨거우면 뜨거운 대로
사랑이란 맛을 다 겪어 보고
이별을 하고 그리워하는 나 자신의
모순적 사랑으로 슬퍼도 하지

영화에서나 볼 수 있는 사랑
운명적인 사랑이라 떠나보낸다는
거짓말 같은 사랑에 운명을 걸었지

운명은 없다
운명이라는 멍에를 씌워
사랑을 부풀리고 있을 뿐이지

늙지 않은 세상
늙지 않은 삶 속에 가진 것 하나 없지만

옷깃을 여미는 북풍한설 몰아치는 겨울
채울 수 없었던 뻥 뚫린 가슴
둘이라서 웃을 수 있으면 좋겠다

빈자리

수없이 계절이 바뀌어도 나이가 들어도
나에게는 내가 사랑해 줄 수 있는 그대
내 사랑에 향기가 나는 그대가
항상 내 곁에 있어야 합니다

사랑을 주고 싶은 그대
기쁨을 주고 싶은 그대
행복을 위해 노력할 수 있게
항상 내 곁에 있어야 합니다

친구같이 편한 그대
차 한 잔을 마셔도 생각나는 그대
나이가 들어도 윤슬이 빛나는 그대
항상 내 곁에 있어야 합니다

세상에 모든 슬픔 세상에 모든 외로움
그대의 무거운 짐 지고 갈 수 있게
항상 내 곁에 있어야 합니다

백 번을 묻는다 해도 천 번을 묻는다 해도
만 번을 묻는다 해도
항상 내 곁에 있어야 합니다

북풍한설이 스쳐 가도 따뜻한 체온을 남길 수 있는
그대의 빈자리를 더듬는 오늘
그대는 내 곁에 보이지 않습니다

백설이 흩날리는 밤
우리의 추억과 사랑이 흰 눈에 쌓여 빼낼 수 없을까
찬바람 속에 그대의 하늘만 쳐다봅니다

포근하게 손잡았던 목화솜 같은 눈동자의 사랑
깊이 박힌 가시로 남은 그리움
그대는 내 곁에 있어야 하는 존재입니다

꼼지락 꼼지락
치악 사랑

김동철 시집

2020년 4월 3일 초판 1쇄
2020년 4월 9일 발행
지 은 이 : 김동철
펴 낸 이 : 김락호
디자인 편집 : 이은희
기 획 : 시사랑음악사랑
연 락 처 : 1899-1341
홈페이지 주소 : www.poemmusic.net
E-Mail : poemarts@hanmail.net

정가 : 10,000원
ISBN : 979-11-6284-194-5